I0550708

MOINS

QUE

RIEN.

Par M. Benezech,

MEMBRE CORRESPONDANT DE LA SOCIÉTÉ D'AGRICULTURE,
DES SCIENCES ET DES ARTS DE VALENCIENNES.

BIBLIOTHÈQUE ROYALE
I

IMPRIMERIE DE A. PRIGNET, A VALENCIENNES.
1836.

POÉSIES.

L'ENFANT DU NORD.

(Janvier 1831.)

1.

Mes chers amis, de notre belle France,
Nous sommes tous les soldats citoyens ;
Nous volerions à sa défense
Si l'étranger voulait ravir nos biens :

CHOEUR.

Aux trois couleurs la Victoire fidèle,
Guidait jadis nos guerriers aux combats,
Et l'on voyait toujours près d'elle,
L'Enfant du Nord se presser sur ses pas.

2.

Champs de Jemmape où brilla le courage.
Tu vis combattre et vaincre les Français,
Philippe encore en son jeune age,
Par sa valeur assura nos succès

CHOEUR.

Aux trois couleurs la Victoire fidèle,
Guidait jadis nos guerriers aux combats,
Et l'on voyait toujours près d'elle,
L'Enfant du Nord se presser sur es pas.

3.

Avec respect suivons dans sa retraite
Le vétéran de notre liberté,
Courbons nos fronts c'est Lafayette,
L'Enfant chéri de l'immortalité.

Choeur.

Aux trois couleurs la Victoire fidèle,
Guidait jadis nos guerriers aux combats,
   Et l'on voyait toujours près d'elle
L'Enfant du Nord se presser sur ses pas.

4.

  Drapeau sacré, l'Europe te révère,
Moscou, Madrid, ont tremblé sous nos pas,
   L'Egypte a vu notre bannière :
Elle est plantée au sommet de l'Atlas.

Choeur.

Aux trois couleurs la Victoire fidèle,
Suivrait encor nos guerriers aux combats,
   Et l'on verra toujours près d'elle
L'Enfant du Nord se presser sur ses pas.

L'ORPHELIN DE JUILLET.

(27 Juillet 1831.)

Dans un calme profond, la ville était plongée,
Je passais près du Louvre, et mon ame agitée
    D'un souvenir sanglant,
Croyait des anciens temps percer la nuit obscure,
Je voyais des blessés, des morts sans sépulture,
    Charles neuf et du sang.

J'approche cependant des tombes de nos frères ,
J'allais après un an sur ces cendres si chères
    Répandre quelques fleurs;
Quand un son lamentable a fait vibrer mon ame
Près d'un tombeau je vois un enfant, une femme,
    Les yeux baignés de pleurs.

Prosterne-toi mon fils , tu foules une terre
Qui couvre des héros ! Sous ce tertre est ton père
    Mort pour la Liberté ;
On voulait des Français faire un peuple d'esclaves,
Tout Paris s'est levé pour briser les entraves
    De la captivité.

Et recouvrant son front de longs voiles funèbres,
Sa main froide dépose, au milieu des ténèbres
    Sur la tombe un bouquet.
Puis embrassant son fils , sa dernière espérance,
La veuve , sur son cœur, serra dans le silence,
    L'Orphelin de Juillet.

LE GÉNÉRAL LAFAYETTE.

Aristide ne fut pas toujours en charge,
mais il fut toujours utile à sa patrie : sa
maison était une école publique de vertu, de sagesse et de politique.

PLUTARQUE.

Loin de la vieille Europe, au sein des mers profondes,
Quand les Américains sur leurs plages fécondes,
Combattaient d'Albion le drapeau redouté ;
Une immense clameur remplit notre hémisphère :
C'était leur cri de guerre ;
La France répéta ce cri : *la liberté !*....

Mais un jeune guerrier a quitté le rivage,
Bravant mille dangers, guidé par son courage,
Il vogue vers ces bords découverts par Colomb ;
Il a, du nom Français, à soutenir la gloire....
 Et déjà la Victoire
 A placé Lafayette auprès de Washington.

Cependant a tremblé le trône séculaire,
Le volcan se fait jour, la lave populaire
Emporte dans sa course et prince et royauté ;
Evitant ses excès mais combattant pour elle,
 A son serment fidèle
 Lafayette en prison soutient *la liberté*.

Mais de jours plus heureux on aperçoit l'aurore,
Paris a combattu, le Drapeau tricolore
A chassé devant lui des princes méprisés ;
Philippe est Roi, la France a donné la couronne,
 Et l'on voit près du trône
 Le Défenseur du Peuple et de nos libertés.

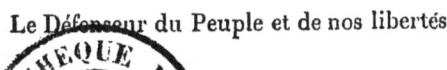

BIBLIOTHEQUE ROYALE

ALLÉGORIE.

Près des bords de l'Escaut , dans un vaste marais ,
Un Cygne commandait aux oiseaux du rivage ;
Dans un calme profond , chacun vivait en paix ;
L'œil du Cygne veillait au bonheur du bocage :
Quand sa fête arrivait les oiseaux d'alentour,
S'empressaient d'apporter leurs vœux et leur hommage.
Même entre les roseaux ; jusque dans son séjour ,
Les accords les plus doux animaient leur ramage.

Enfin après vingt ans de peine et de travaux,

Le cygne se retire en un coin du rivage

Et goûte en liberté la paix et le repos :

Sa fête arrive encor ; les oiseaux en silence

Ont oublié ce jour célébré tant de fois,

Mais le cygne en sourit ; il connait l'inconstance

Des oiseaux courtisans. Cependant quelques voix

Viennent encor chanter une fête si chère ;

Le cygne les connaît ; avec eux réunis

Il goûte un plaisir pur, qu'aucun soupçon n'altère ;

C'est dans l'obscurité qu'on connaît ses amis.

NAPOLÉON.

Tel que le roi des airs après un vol rapide
En planant dans les cieux, vers l'astre qui le guide,
    Par la foudre est touché,
Il tombe, et s'accrochant aux rochers du rivage
Son œil suffit encor, pour chasser de la plage
    Le vautour affamé.

Tel, sur un sol désert éloigné des deux mondes,
Prisonnier d'Albion, au sein des vastes ondes
    Mourait Napoléon ;

Et les Rois souriaient à sa longue agonie ;
Tant ils craignaient encor l'essor de son génie
Le pouvoir de son nom.

La France en vain réclame à la rive étrangère
Les cendres du géant dont les pas sur la terre
Limitaient le pays :
Il donnait les états comme on donne l'aumône ,
Car sa voix commandait des portes de Lisbonne
Aux bords du Tanaïs.

Mais le bronze a coulé, l'image du grand homme
Tel qu'Austerlitz le vit, parait comme un fantôme
Au milieu de Paris ;
Debout sur la colonne empreinte de sa gloire ,
Il semble encor guider le char de la victoire
Chez des peuples conquis.

VERS

MIS

Sur le tombeau d'une tourterelle

QUI APPARTENAIT A Mlles ***.

(L'une d'elles avait composé une Épitaphe.)

Les Nymphes de ces lieux ont couronné ta cendre,
L'écho fidèle a redit tes malheurs,
Et tes Manes errans peuvent en paix descendre,
Dans les bosquets sacrés réservés aux bons cœurs.
Une muse a chanté ta mort et ta misère,
Ton nom va donc passer à l'immortalité;
Je me dis en voyant ton urne funéraire,
C'est la Beauté pleurant sur la Fidélité.

BOUQUET.

L'Amitié fut hier dans les jardins de Flore,
— Il me faut un bouquet brillant par sa couleur ,
Pour fêter un mortel que j'aime et que j'honore ;
Mais pour chaque vertu je demande une fleur :
La Déesse reprit : contre moi tu conspires ,
Veux-tu donc dépouiller mes rosiers , mes bosquets ?
Ah ! pour fêter ainsi ses vertus , ses bienfaits,
Mes jardins au printems ne pourraient y suffire.

CONTE.

Dans un hameau dont je tairai le nom,
Vivait Lucas, homme prudent et sage,
Qui sans chercher les faveurs, le renom,
Croyant qu'on peut être heureux au village ;
Avec Lisette uni depuis long-tems
Il se sentait appesanti par l'âge ;
Il éprouvait les ravages du temps
Dont il était une parfaite image.
Il tombe en léthargie ; on croit qu'il va mourir.

Lisette, dont les pleurs inondaient le visage,
Avec son cher Lucas voulait s'ensevelir,
Chose ordinaire au moment du veuvage.
Il meurt enfin bénissant ses enfans
Après dix jours de longue agonie.

On prévient aussitôt ses amis ses parens,
    Pour assister à la cérémonie.
Quand le prêtre eut placé Lucas au monument,
    Chacun revient suivant l antique usage
Au festin qu'on prépare à chaque enterrement,
    Lisette alors composant son visage,
S'occupait du repas, afin qu'il parut bon :
Un seul mets était dur, même peu présentable ;
Elle hésita long-temps à servir le jambon :
« Excusez-moi, dit-elle, en l'apportant à table,
« C'est la seconde fois que je l'ai dessalé ;
» Je croyais, de Lucas, la mort bien plus prochaine,
» On pensait chaque jour qu'il était trépassé,
» Il a traîné, Messieurs, une grande semaine. »

A. M. P. J. DE BÉRANGER.

(12 Juillet 1832.)

Air : *Dis-moi Soldat, dis-moi t'en souviens-tu ?*

1.

Chez nos aïeux la simple chansonnette,
Ne fredonnait que l'amour ou le vin :
Pour nos guerriers sa voix était muette
Et le malheur la réclamait en vain ;
Mais Béranger dans ses odes sublimes ,
D'un fouet vengeur console la vertu ,

Il célébra de bien nobles victimes.....
Dis-moi Proscrit, dis-moi, t'en souviens-tu?

2.

Quand la pensée était dans l'esclavage
Pour son pays il élevait la voix ;
Des fils d'Ignace, il sut braver la rage
Et sur le trône il fustigeait les rois :
Pour baillonner cette voix importune
Dans un cachot vite on l'a descendu.....
Malgré ses fers il chantait l'infortune,
Dis-moi Français, dis-moi, t'en souviens-tu?

3.

Quand l'aigle altier sur un lointain rivage
Pleurait la France et ses vaillans enfans,
A nos guerriers on prodiguait l'outrage
Pour effacer la gloire de trente ans ;
L'habit du brave était mis à l'enchère,
Avec dédain on le renvoyait nu ;
Qui, dans ce temps, a chanté ta misère,
Dis-moi Soldat, dis-moi, t'en souviens-tu?

4.

Depuis deux ans, si des jours plus prospères
De la satire ont émoussé les traits ;
Ressouviens-toi que ta muse naguères
De chants joyeux animaient ses portraits.
Rends-nous encor ces vers de ta jeunesse,
Le Sénateur, *Paillasse*, ou *le Ventru*....
De ces tableaux de l'humaine faiblesse
Dis Béranger, dis-moi, te souviens-tu ?

CHANSON BACHIQUE.

Air : *A soixante ans , il ne faut pas remettre.*

1.

Un jour la foudre éclatait sur ma tête ,
L'éclair sinistre éblouissait mes yeux ;
Un bruit lointain signal de la tempête
Se répandait dans le vague des cieux.

Pour éloigner ce funeste présage,
Dans un caveau je vais trouver Bacchus ;
Son doux nectar fait oublier l'orage,
Dieu protecteur verse-moi de ton jus.

2.

J'avais juré de fuir loin de Lisette,
J'avais juré d'oublier les amours ;
Mon front blanchi m'ordonne la retraite,
Depuis long-temps ont coulé mes beaux jours.
Lise m'appelle ..... adieu triste Sagesse ,
De mes sermens je ne me souviens plus ;
Que dois-je faire....? Ivresse pour ivresse ,
Dieu protecteur verse-moi de ton jus.

3.

Tout étonné de sa métamorphose,
Le riche Orgon, grand faiseur de budgets ,
Du *trois*, du *cinq* , à la Bourse dispose,
Du télégraphe . il connaît les secrets.

Bouffi d'orgueil, le malheur l'importune,
De tous les dieux, il n'aime que Plutus;
Le verre en main je nargue la Fortune,
Dieu protecteur verse-moi de ton jus.

4.

Le vieux Pangloss, songe-creux politique,
Chaque matin dévore vingt journaux;
Juste-milieu, Droit-Divin, République
De son binocle, embrouillent les Vitraux.
Législateur des bords fleuris du Gange,
Tout l'Univers reconnaît les vertus,
Tu régneras....tant qu'on fera vendange,
Dieu protecteur verse-moi de ton jus.

FÊTE DE LA SAINTE CÉCILE.

(22 Novembre 1835.)

CHOEUR.

Vierge du ciel , douce et tendre Harmonie ,
Descends, descends du céleste séjour ,
A tes enfans viens verser l'Ambroisie,
Nous t'offrirons nos chants et notre amour.

1.

Dans les combats elle suit la victoire
Elle a chanté la gloire et les Français ;

C'était souvent au son d'un fanfare,
Que nos soldats remportaient leurs succès.

CHOEUR.

Vierge du Ciel, douce et tendre Harmonie,
Descends, descends du céleste séjour,
A tes enfans viens verser l'Ambroisie,
Nous t'offrirons nos chants et notre amour.

2.

Du temple saint j'entends la mélodie,
C'est de Mozart les chants religieux;
A ses accens que mon ame est ravie....
Et je me crois transporté dans les cieux.

CHOEUR.

Vierge du ciel, douce et tendre Harmonie,
Descends, descends du céleste séjour,
A tes enfans viens verser l'Ambroisie,
Nous t'offrirons nos chants et notre amour.

3.

Mais c'est au bal qu'elle anime la danse,
Des pas légers elle règle l'essor,

Chacun s'élève et retombe en cadence
L'archet se tait, on croit l'entendre encor.

CHOEUR.

Vierge du ciel, douce et tendre harmonie
Descends, descends du céleste séjour,
A tes enfans viens verser l'embroisie,
Nous t'offrirons nos chants et notre amour.

4.

C'est en ce jour que nous fêtons Cécile,
Prions-la bien, tous, d'enflammer nos cœurs;
Dans les concours qu'elle nous soit facile
Et chaque fois, nous reviendrons vainqueurs.

CHOEUR.

Vierge du ciel, douce et tendre Harmonie,
Descends, descends, du céleste séjour,
A tes enfans viens verser l'Ambroisie,
Nous t'offrirons nos chants et notre amour.

BIBLIOTHEQUE ROYALE

www.ingramcontent.com/pod-product-compliance
Lightning Source LLC
Chambersburg PA
CBHW061626180626
46818CB00005B/2251